Des souris et des hommes

FichesdeLecture.com

Des souris et des hommes (Fiche de lecture)

I. INTRODUCTION

L'auteur

John Ernest Steinbeck III est né en 1902 à Salinas et mort en 1968 à New York. C'est un écrivain américain du milieu du XXe siècle, dont les romans décrivent fréquemment sa Californie natale. L'enfance de l'auteur est marquée par les travaux agricoles, univers que l'on retrouve dans plusieurs de ses livres.

Ses œuvres les plus connues sont « Des souris et des hommes », publiée en 1937 et « Les raisins de la colère », publiée en 1939. Il a reçu le prix Nobel de littérature en 1962. John Steinbeck est aujourd'hui connu dans le monde entier.

L'œuvre

Le récit s'inspire d'un vers de Robert Burns : « Les plans les mieux conçus des souris et des hommes souvent ne se réalisent pas ». L'histoire ressemble beaucoup à celle de Moosbrugger : « L'Homme Sans Qualités » de Robert Musil paru en 1930.

« Des souris et des hommes », titre original « Of Mice and Men » fut un succès, Steinbeck réalise alors une adaptation théâtrale qui est représentée la même année. Par la suite trois films ont été réalisés. Il met en scène des ouvriers agricoles dans l'Ouest américain. L'histoire se déroule dans les années trente, au moment de la Grande Dépression.

Au début, il a voulu titrer son œuvre : « Quelque chose qui s'est passé ». Cela permettait d'appuyer la banalité et l'universalité des faits. Mais il a finalement choisi « Des souris et des hommes », mettant ainsi en évidence les rapports entre les hommes et les animaux.

II. RÉSUMÉ DU ROMAN

Nous sommes, en Californie, au milieu des années trente, George et Lennie, deux amis, errent de ville en ville, d'une exploitation agricole à l'autre. Comme de nombreux ouvriers, ils sont malmenés par la crise économique.

Sans un sou, ils viennent de la région de Weed qu'ils ont dû fuir, car Lennie s'est une fois de plus mal comporté. Avec son gabarit imposant, sa force démesurée, et son manque de tact, il fut accusé de viol sur une femme.

En réalité, Lennie, un colosse sans cervelle, avec un âge mental fortement retardé, a seulement voulu la caresser. Car celui-ci aime caresser les choses douces, dont les souris, les lapins et les chiots. Mais sa force est trop importante et souvent, sans le vouloir, il cause la mort des animaux en les broyant de ses mains démesurées.

George est tout le contraire de son ami : petit, peu imposant, vif d'esprit et intelligent. Ils rêvent d'un jour d'être les propriétaires de leur propre terrain et de posséder leur propre ferme. Ainsi Lennie pourra caresser et s'occuper des lapins comme bon lui semble.

Ils se rendent à présent dans un ranch, dans la vallée de Salinas. Juste avant d'y arriver, George montre à Lennie un endroit, près d'une rivière, où Lennie doit se rendre en cas de nouveau problème. Au ranch, les deux compères font la connaissance de Slim, Crooks, Candy, Carlson. Ils rencontrent également Curley, le fils du patron, et sa femme.

Candy, un vieux manchot, et Crooks, un Noir infirme, voudraient se joindre à leur rêve et loger dans leur future ferme. Quant à Curley, ancien boxeur, il agresse tout un chacun. Lorsqu'il rencontre Lennie, il s'y attaque aussi. Mais George a défendu à Lennie de faire quoi que ce soit, ne voulant pas s'attirer d'ennui. Sans quoi, ils devraient fuir à nouveau. Tous deux découvrent la vie à la ferme...

Durant la soirée, Carlson tue le chien de Candy devenu trop vieux tandis que Lennie est tout heureux de recevoir un des chiots de Slim pour lui tout seul. Plus tard, Curley, qui recherche son épouse, fait irruption dans leur dortoir et s'en prend à Lennie, lui donnant des coups. Sans plus attendre, George autorise à Lennie de se défendre. Ce dernier lui détruit la main. Suite à cela, Slim fait promettre à Curley de dire qu'il s'est détruit la main dans une machine, sinon George et Lennie seront renvoyés.

Plus tard, tandis que George s'est absenté pour se rendre dans un bordel, Lennie rend visite à Crooks, le palefrenier noir, qui loge dans l'écurie. Crooks y dort seul, rejeté par les autres. Il a un dos déformé, bossu, à cause d'un coup de cheval qu'il a reçu étant jeune. Crooks commence à effrayer Lennie lui racontant que George s'est enfui et l'a quitté, qu'il ne veut plus de lui. Ceci énerve Lennie et par peur, Crooks se tait. Ensuite, ils se parlent, se confient l'un à l'autre...

Le jour suivant, tandis que tous les autres jouent avec des fers à cheval, Lennie, seul dans la grange, pleure la mort de son chiot. Il l'a tué involontairement en le caressant trop fort. Soudain la femme de Curley, arrive. Seul face à elle, Lennie ne pense qu'à la caresser. Ce qu'il ne manque pas de faire.

Mais, effrayée par les gestes brusques de Lennie, elle crie ce qui fait peur à Lennie qui lui brise la nuque. Quand il prend conscience de son geste, Lennie s'enfuit et va se réfugier à l'endroit qu'il avait convenu avec George avant d'arriver au ranch.

Entre-temps, tous sont rapidement au courant. Curley, fou de rage, veut lyncher Lennie et, aidé par les autres hommes, il se lance à sa recherche. De son côté, George se hâte d'aller au point de rendez-vous. Il y retrouve Lennie et engage avec lui la conversation. Alors que Lennie parle gaiement et lui demande de lui raconter comment sera leur vie dans leur ferme, George prend un revolver et le tue d'un coup dans la nuque.

III. ÉTUDE DES PERSONNAGES

Lennie « Small »

Ce nom est en contradiction avec son gigantisme. Il est énorme, avec un visage informe. Il est doté de grands yeux pâles et de larges épaules tombantes. Steinbeck le compare à un cheval, à un ours, et à un chien. Doté d'une très grande force physique, il ne parvient pas à dominer sa puissance hors de l'ordinaire. Il est également intellectuellement déficient, et passe constamment pour un « idiot ». C'est un véritable enfant et il adore caresser les choses douces. Dans le récit, il est Journalier ou débardeur.

Lennie est un mi-homme, mi-bête, un être hybride. Incapable de raisonner, de penser, il vit dans le présent. Quand il a peur, il paraît traqué comme une bête. Il est impulsif. L'origine du comportement de Lennie n'est pas décrite. Tout homme peut ainsi se reconnaître en Lennie. Chaque homme a en lui une part de bestialité, comme Lennie. Il est obsédé et attiré autant par le ketchup, les souris, les lapins, les femmes.

George Milton

C'est un petit personnage vif, de visage brun doté d'yeux inquiets. Il possède de petites mains fortes, des bras minces et un nez fin et osseux. Avec ce nom l'auteur faut une allusion à John Milton qui a écrit « Paradis Perdu ».

Dans le récit, il est également Journalier ou débardeur. Il désire une vie facile, avec une femme. Parfois, il rejette la faute sur Lennie, sans qui, dit-il, « la vie serait facile ». Ce n'est qu'après le meurtre de la jeune femme que George avoue qu'il a toujours su que son rêve était impossible. Il est obsédé par son désir d'obtenir enfin son lopin de terre.

Pendant longtemps, occupé uniquement par le désir de concrétiser son rêve, il met de côté tout ce qui touche au sexe, synonyme de débauche et d'échec. Paradoxalement, quand il veut s'évader de la dure réalité quotidienne, il se rend pour une nuit, au café, au billard, au bordel. Quand il sent que son rêve s'efface, il se résout d'ailleurs à travailler sans cesse pour s'offrir de temps en temps cette nuit d'évasion.

Candy

« Candy » qui signifie « sucre, bonbon » est son surnom, car c'est un doux vieillard. C'est le vieil homme à tout faire, il est infirme. Il est nostalgique de la vigueur de sa jeunesse. Son unique compagnon, un chien, vieux également, lui est arraché et tué. Lui-même est vieux, estropié, n'a plus beaucoup d'espoir. Il dit d'ailleurs : « J'voudrais que quelqu'un m'envoie un coup de fusil ».

Crooks

« Crooks » est un surnom qui vient de « crooked », signifie « tordu », car il a eu le dos complètement tordu par un coup de pied de cheval. Il est le palefrenier noir. Noir parmi les Blancs : « Si je dis quelque chose, ben, c'est juste un nègre qui parle ».

Marginalisé, isolé dans son écurie la nuit. Il passe son temps à lire et à réfléchir. Il est nostalgique du passé quand les gosses blancs et noirs, dont il faisait partie, se côtoyaient. Il observe les autres. Il comprend vite que le paradis dont rêvent Lennie, Georges et les autres, n'est qu'une illusion. D'ailleurs, il confie à Candy qu'il n'aimerait pas habiter un tel endroit.

Slim

« Slim » est un surnom, car il est mince. Ouvrier très compétent professionnellement. C'est le roulier. Seul, il est capable de mener vingt mules. Il s'occupe des attelages, des chevaux et des mules. Il a un visage fin, et est très respecté par les autres. Ses paroles l'emportent sur celles des autres. Il est calme, réfléchi, discret, réceptif, digne. Il est apparenté à un être supérieur sans passion ni désir humain, voire à un demi-dieu, à un prince dans le ranch.

La femme de Curley

Elle n'a pas de prénom. Quand en parle, on emploie des mots comme « garce ». Habillée de rouge. Maquillée à souhait. Elle est légère, naïve et vulgaire. « Elle passe son temps à faire de l'œil à tout le monde », dit Whit, « à ce qu'on dirait, elle n'peut pas s'éloigner des hommes », « Quelle traînée ! » s'exclame George après l'avoir vue. Elle se montre provocatrice, elle s'ennuie dans sa vie et aurait voulu être une artiste.

C'est la seule femme, au milieu des hommes. Elle passe son temps à draguer et à faire de l'œil aux gens. Elle est synonyme de piège maléfique, piège pour Lennie surtout. Pleine de méchanceté et de rancœur à cause de sa solitude. Elle se déplace sans bruit. Un peu comme une souris... Peut-être est-ce aussi ce qui séduit Lennie. Invité à caresser ses cheveux « fins et soyeux », Lennie, effrayé par les cris qu'elle pousse, il lui brise involontairement les vertèbres du cou, pour l'empêcher de hurler.

Curley

Cheveux bruns et frisés. D'où son surnom « Curley », venant de « curled », c'est-à-dire « frisé ». Il est un boxeur, léger, habile et provocateur. Il s'oppose à Lennie dont il envie la force physique. Mais ce dernier lui détruit la main, pour ne pas perdre la face devant sa femme, il dit qu'il s'est blessé avec une machine.

Carlson

Personnage commun, sans vrai signe distinctif. C'est un homme primaire, symbole de l'homme incapable de dépasser ce qu'il voit, en raisonnant... Il est insensible, rustre, banal.

IV. AXES DE LECTURE

Une description du monde agricole américain dans les années 30

L'auteur nous décrit, la vie des ouvriers agricoles, thème qui lui est cher. Il dénonce aussi l'exploitation paternaliste dont sont victimes ces ouvriers agricoles de la part d'une compagnie lointaine. L'action se déroule dans l'Ouest américain, près de Salinas la région natale de l'auteur.

On peut penser qu'elle se passe dans les années trente, au moment de la Grande Dépression. Puisque Steinbeck évoque « Murray et Ready ». Il s'agit d'une agence qui à cette époque plaçait les ouvriers dans les régions où on manquait de travailleurs agricoles.

Il décrit avec beaucoup de précision l'univers et l'atmosphère du ranch. En réalité Steinbeck a partagé la vie de ces travailleurs, dans cette région, à cette époque. Au cours du récit, on distingue deux classes sociales : le patron et les ouvriers.

Les ouvriers agricoles sont très pauvres, ils n'ont que leur travail à vendre : « qui travaillent dans les ranches, y a pas plus seul au monde. Ils ont pas de famille. Ils ont pas de chez-soi. Ils vont dans un ranch, ils y font un peu d'argent, et puis ils vont en ville et ils le dépensent tout... et pas plus tôt fini, les v'là à s'échiner dans un autre ranch. Ils ont pas de futur devant eux ».

Les journaliers sont bien souvent des noirs, des handicapés, des vieux, des sans famille, des personnes isolés socialement et très pauvres. Comme nous sommes lors du Crack Boursier, on sent à travers ces hommes, la pré-carité économique et sociale de l'époque.

Le rêve américain

Chaque personnage a un rêve, le fameux « rêve américain ». Ils tentent en réalité de compenser la médiocrité de leurs vies par le rêve. La femme de Curley rêve à la vie qu'elle aurait pu avoir si elle avait été une vedette.

Lennie et George rêvent de leur paradis : posséder un terrain et une ferme rien qu'à eux. Ils en parlent à voix haute et se plaisent à la décrire avec beaucoup de détails. Quand ils arrivent à la ferme, ils en parlent à leurs nouveaux compagnons qui eux aussi se projettent dans ce rêve avec eux. Lennie ne cesse de demander à George de lui raconter encore et encore ce que sera leur vie, comme un enfant qui aime écouter la même histoire.

Cependant, Crooks comprend vite que le paradis dont rêvent Lennie, Georges et les autres, n'est qu'une illusion. D'ailleurs, il confie à Candy qu'il n'aimerait pas habiter un tel endroit. En effet, avec ce que gagnent les journaliers, il est impossible d'acheter un terrain puis de construire une ferme.

L'auteur nous montre ainsi l'échec du fameux « rêve américain ». Les ouvriers, journaliers ne peuvent avoir accès à ce rêve. Cependant, il leur permet de tenir et de travailler, dans l'espoir un jour de le réaliser. Seul, Lennie croit réellement à cet endroit utopique, ce paradis perdu. Il demande toujours à Georges de lui raconter ce que sera leur vie là-bas.

Le monde décrit par l'auteur est un monde cruel, plein de pessimisme. D'ailleurs, le titre est inspiré d'un vers de Robert Burns : « Les plans les mieux conçus des souris et des hommes souvent ne se réalisent pas ». Steinbeck rappelle l'inégalité des chances des êtres face à la vie et l'impossibilité pour certains de réaliser le « rêve américain ».

Au moment de tuer Lennie d'un coup de revolver dans la nuque, pour l'apaiser, George lui raconte leur vie dans leur ferme, il s'occupera des lapins. On a l'impression qu'il l'euthanasie pour lui éviter de devoir faire face à la douloureuse réalité. Ce n'est qu'après la mort de son ami que George avoue qu'il a toujours su que son rêve était impossible. Il déclare : « Je pense que je le savais qu'on n'y arriverait jamais »

Quand il sent que son rêve s'efface, il se résout d'ailleurs à travailler sans cesse pour s'offrir de temps en temps une nuit d'évasion au bordel.

L'amitié

L'auteur nous décrit à travers Lennie et George, une amitié particulière entre deux hommes malgré leurs différences. En réalité chaque personnage souffre d'une profonde solitude dans le récit, même le couple formé par le fils du patron et sa femme. George dit d'ailleurs : « Des types comme nous, y a pas plus seuls au monde ».

Le vieux Candy n'a plus d'espoir. Crooks vit dans sa solitude, il souffre d'être palefrenier, et d'être noir, il confie d'ailleurs à Lennie qu'il aimerait avoir quelqu'un près de lui. La femme de Curley se plaint que son mari s'absente le samedi soir. La solitude est très présente dans le récit. C'est pour cela d'ailleurs que George rêve d'avoir un ranch et une femme.

Leur amitié apparaît alors comme un remède contre la solitude dont ils souffrent. Car ils sont tous les deux sans famille, sans chez soi : « parce que…parce que moi, j'ai toi pour t'occuper de moi, et toi, t'as moi pour m'occuper de toi, et c'est pour ça ».

À deux, ils sont plus forts. Ils sont très différents l'un de l'autre physiquement, mais aussi moralement. Ce qui les rapproche et maintient leur amitié, c'est leur rêve : posséder un jour une petite exploitation, pour y vivre « comme des rentiers » et y élever des lapins. Ils en parlent très souvent à voix haute : « Raconte comment ça sera ».

George et Lennie semblent former les deux parts d'un même être, George serait la partie humaine et Lennie la partie l'animale. George est le meneur, celui qui réfléchit, tandis que Lennie, doté d'une force surhumaine, ne fait qu'écouter et exécuter.

George décide de tuer son ami, pour le soustraire à la justice et à la revanche de Curley. En effet, Lennie ne comprendrait ni le jugement ni les insultes. C'est un geste très fort qui demande beaucoup de courage à George. En tuant Lennie, il tue aussi la possibilité de réaliser son rêve. On peut également voir dans cet acte, la volonté de détruire la part animale de l'homme.

Une tragédie ?

Plusieurs éléments du roman rappellent la construction d'une œuvre dramatique. En effet, il y a six chapitres qui pourraient correspondre à six actes. L'acte premier constituerait une unité temporelle et spatiale puisque les faits rapportés au chapitre I. L'action se déroule sur les seuls bords de la Salinas, un jeudi « au soir d'un jour très chaud ».

Dans le second chapitre, les deux personnages principaux arrivent au ranch, vers « dix heures du matin ». Dès leur arrivée dans ce nouveau ranch, on présente le décor du drame à venir, un curieux couple de jeunes mariés, lui est un boxeur qui provoque tout le monde, elle aime provoquer les hommes.

Le chapitre III met en scène les mêmes personnages, dans le même lieu. Puis dans le chapitre IV, l'action se situe dans la sellerie où loge le palefrenier. Tandis qu'au chapitre V, les évènements se déroulent le « dimanche après-midi », dans l'écurie. Enfin, lors du dernier chapitre, le dénouement a lieu sur les rives de la Salinas.

Dans le roman « Des souris et des hommes », l'auteur respecte l'unité de lieu, l'exploitation agricole en Californie, de temps : une action suivie qui se déroule en trois jours consécutifs et d'action.

En plus de la construction des chapitres, identiques à des actes d'une tragédie, les personnages ne peuvent réaliser leurs rêves. Notamment celui de George et Lennie, ce dernier demandant toujours à Lennie de lui raconter comment ils vivraient heureux, à l'instar d'un enfant à qui on raconte toujours la même histoire. Dès le début pèse un déterminisme implacable sur les deux hommes, malgré leurs efforts et leur bonne volonté, ils ne réaliseront jamais leur rêve.

Le récit de la femme de Curley correspond aussi à la non réalisation d'un rêve : « J'aurais pu devenir quelqu'un », elle voulait devenir comédienne. Tous les personnages vivent enfermés dans leur solitude. Ils n'ont aucun lien affectif et n'ont que leur travail au ranch.

Bien que ce soit un roman, l'auteur multiplie les descriptions sur la luminosité, sur les objets dans le dortoir, sur les bruits du ranch. Au fur et à mesure qu'on lit le récit, plusieurs éléments interpellent le lecteur et annoncent le drame à venir, le crime.

Dès le début, on apprend par George le plaisir qu'à Lennie à caresser des animaux qu'il tue malgré lui : « L'embêtant, avec les souris, c'est que tu les tues toujours ». En effet, ils sont en exil, car Lennie a été accusé de viol. Puis, il broie la main de Curler et enfin il tue le chiot qu'il aimait tant.

Le seul dénouement possible est le drame, le meurtre. De plus Lennie n'apparaît pas comme maître de son destin, victime de sa force surhumaine et de son irrésistible envie de caresser les choses douces. Dès le début, George lui montre un endroit où il doit se rendre en cas de problèmes, comme s'il avait pressenti la fin dramatique de leur amitié et de leur rêve commun.

D'autre part, la durée de l'action est très courte, ce qui accentue l'aspect dramatique. Il y a aussi une ressemblance entre la situation au début et à la fin. Steinbeck évoque « la machinerie inexorable de la vie ».

En 1037, à Broadway le roman est joué sur scène. L'œuvre reçoit le prix de la meilleure pièce par le New York Drama Critics Circle. Steinbeck a imaginé le concept de play-novelette, court roman. Il applique à l'écriture romanesque les contraintes du théâtre.

Dans la même collection en numérique

Les Misérables

Le messager d'Athènes

Candide

L'Etranger

Rhinocéros

Antigone

Le père Goriot

La Peste

Balzac et la petite tailleuse chinoise

Le Roi Arthur

L'Avare

Pierre et Jean

L'Homme qui a séduit le soleil

Alcools

L'Affaire Caïus

La gloire de mon père

L'Ordinatueur

Le médecin malgré lui

La rivière à l'envers - Tomek

Le Journal d'Anne Frank

Le monde perdu

Le royaume de Kensuké

Un Sac De Billes

Baby-sitter blues

Le fantôme de maître Guillemin

Trois contes

Kamo, l'agence Babel

Le Garçon en pyjama rayé

Les Contemplations

Escadrille 80

Inconnu à cette adresse

La controverse de Valladolid

Les Vilains petits canards

Une partie de campagne

Cahier d'un retour au pays natal

Dora Bruder

L'Enfant et la rivière

Moderato Cantabile

Alice au pays des merveilles

Le faucon déniché

Une vie

Chronique des Indiens Guayaki

Je voudrais que quelqu'un m'attende quelque part

La nuit de Valognes

Œdipe

Disparition Programmée

Education européenne

L'auberge rouge

L'Illiade

Le voyage de Monsieur Perrichon

Lucrèce Borgia

Paul et Virginie

Ursule Mirouët

Discours sur les fondements de l'inégalité

L'adversaire

La petite Fadette

La prochaine fois

Le blé en herbe

Le Mystère de la Chambre Jaune

Les Hauts des Hurlevent

Les perses

Mondo et autres histoires

Vingt mille lieues sous les mers

99 francs

Arria Marcella

Chante Luna

Emile, ou de l'éducation

Histoires extraordinaires

L'homme invisible

La bibliothécaire

La cicatrice

La croix des pauvres

La fille du capitaine

Le Crime de l'Orient-Express

Le Faucon malté

Le hussard sur le toit

Le Livre dont vous êtes la victime

Les cinq écus de Bretagne

No pasarán, le jeu

Quand j'avais cinq ans je m'ai tué

Si tu veux être mon amie

Tristan et Iseult

Une bouteille dans la mer de Gaza

Cent ans de solitude

Contes à l'envers

Contes et nouvelles en vers

Dalva

Jean de Florette

L'homme qui voulait être heureux

L'île mystérieuse

La Dame aux camélias

La petite sirène

La planète des singes

La Religieuse

1984 A l'Ouest rien de nouveau

Aliocha

Andromaque

Au bonheur des dames

Bel ami

Bérénice

Caligula

Cannibale

Carmen

Chronique d'une mort annoncée

Contes des frères Grimm

Cyrano de Bergerac

Des souris et des hommes

Deux ans de vacances

Dom Juan

Electre

En attendant Godot

Enfance

Eugénie Grandet

Fahrenheit 451

Fin de partie

Frankenstein

Gargantua

Germinal

Hamlet

Horace

Huis Clos

Jacques le fataliste

Jane Eyre

Knock

L'homme qui rit

La Bête humaine

La Cantatrice Chauve

La chartreuse de Parme

La cousine Bette

La Curée

La Farce de Maitre Pathelin

La ferme des animaux

La guerre de Troie n'aura pas lieu

La leçon

La Machine Infernale

La métamorphose

La mort du roi Tsongor

La nuit des temps

La nuit du renard

La Parure

La peau de chagrin

La Petite Fille de Monsieur Linh

La Photo qui tue

La Plage d'Ostende

La princesse de Clèves

La promesse de l'aube

La Vénus d'Ille

La vie devant soi

L'alchimiste

L'Amant

L'Ami retrouvé

L'appel de la forêt

L'assassin habite au 21

L'assommoir

L'attentat

L'attrape-coeurs

Le Bal

Le Barbier de Séville

Le Bourgeois Gentilhomme

Le Capitaine Fracasse

Le chat noir

Le chien des Baskerville

Le Cid

Le Colonel Chabert

Le Comte de Monte-Cristo

Le dernier jour d'un condamné

Le diable au corps

Le Grand Meaulnes

Le Grand Troupeau

Le Horla

Le jeu de l'amour et du hasard

Le Joueur d'échecs

Le Lion

Le liseur

Le malade imaginaire

Le Mariage de Figaro

Le meilleur des mondes

Le Monde comme il va

Le Parfum

Le Passeur

Le Petit Prince

Le pianiste

Le Prince

Le Roman de la momie

Le Roman de Renart

Le Rouge et le Noir

Le Soleil des Scortas

Le Tartuffe

Le vieux qui lisait des romans d'amour

L'Ecole des Femmes

L'Ecume Des Jours

Les Bonnes

Les Caprices de Marianne

Les cerfs-volants de Kaboul

Les contes de la Bécasse

Les dix petits nègres

Les femmes savantes

Les fourberies de Scapin

Les Justes

Les Lettres Persanes

Les liaisons dangereuses

Les Métamorphoses

Les Mouches

Les Trois mousquetaires

L'étrange cas du Dr Jekyll et de Mr Hyde

L'Ile Au Trésor

L'île des esclaves

L'illusion comique

L'Ingénu

L'Odyssée

L'Ombre du vent

Lorenzaccio

Madame Bovary

Manon Lescaut

Micromégas

Mon ami Frédéric

Mon bel oranger

Nana

Ne tirez pas sur l'oiseau moqueur

Notre-Dame de Paris

Oliver twist

On ne badine pas avec l'amour

Oscar et la dame rose

Pantagruel

Le Misanthrope

Perceval ou le conte du Graal

Phèdre

Ravage

Roméo et Juliette

Ruy Blas

Sa Majesté des Mouches

Si c'est un homme

Stupeur et tremblements

Supplément au voyage de Bougainville

Tanguy

Thérèse Desqueyroux

Thérèse Raquin

Ubu Roi

Un Barrage contre le Pacifique

Un long dimanche de fiançailles

Un secret

Vendredi ou la vie sauvage

Vipère au poing

Voyage au bout de la nuit

Voyage au centre de la terre

Yvain ou le Chevalier au lion

Zadig

À propos de la collection

La série FichesdeLecture.com offre des contenus éducatifs aux étudiants et aux professeurs tels que : des résumés, des analyses littéraires, des questionnaires et des commentaires sur la littérature moderne et classique. Nos documents sont prévus comme des compléments à la lecture des oeuvres originales et aide les étudiants à comprendre la littérature.

Fondé en 2001, notre site FichesdeLectures.com s'est développé très rapidement et propose désormais plus de 2500 documents directement téléchargeables en ligne, devenant ainsi le premier site d'analyses littéraires en ligne de langue française.

FichesdeLecture est partenaire du Ministère de l'Education du Luxembourg depuis 2009.

Plus d'informations sur www.fichesdelecture.com

Notes :